KB104223

봄, 벼락치다

봄, 벼락치다

홍해리 시집

우리글

뱀은 발이 없고,

꽃은 말을 하지 않는다.

2003년 봄부터 2006년 봄까지 쓴 글 가운데 99편을 골랐으나 역시

부끄럽다.

2006년 봄, 홍해리洪海里

차례

봄, 벼락치다

산불

봄바람에 마른 산 푸나무들이

몸을 서로 비벼대다 불이 났나 봐,

잠 못 자고 밤새도록 물을 뿌리다

아침에 보니 더욱 활활 타오르네.

목련꽃, 지다

목련아파트 101동 1001호
창 밖만 바라보던 눈먼 소녀
목련꽃 하얗게 피었다
이울던 저녁
달빛을 타고 뛰어내렸습니다
면사포를 쓰고
결혼식을 기다리던 신부
소리 소문 없이 져 버렸습니다
하염없는 봄날은 자꾸 저물고
길 위에서 꿈꾸기 위하여
무작정 뛰어내렸다고
소문만, 하냥, 귀가 아픕니다.

그리운 봄날

달빛 건듯 비치는 산그늘 같은
적막강산 혼자서 놀다 가는 것뿐
아득한 것이 어찌 너뿐이겠느냐
바람에 슬려가고 파도에 씻기는,

그리움과 기다림도 그런 것이지
꽃물 든 한세월도 첫눈 같은 것
손톱달 쓸쓸하다 울고 갈 거냐
눈썹 끝 삼박이는 한 순간인 걸.

참꽃여자女子 15

산등성이 지는 해, 네 앞에선
어찌 절망도 이리 환한지
사미니 한 년
산문山門에 낯 붉히고 서 있네.

처녀치마

철쭉꽃 날개 달고 날아오르는 날
은빛 햇살은 오리나무 사이사이
나른, 하게 절로 풀어져 내리고,
은자나 된 듯 치마를 펼쳐 놓고
과거처럼 앉아 있는 처녀치마
네 속으로 한없이 걸어 들어가면
몸 안에 천의 강이 흐르고 있을까
그리움으로 꽃대 하나 세워 놓고
구름집의 별들과 교신하고 있는
너의 침묵과 천근 고요를 본다.

그런 시詩!

거문고가 쉴 때는
줄을 풀어
절간 같지만
노래할 때는 팽팽하듯이,

그런 시詩!

말의 살진 엉덩이에
'묵언默言'의 화인火印을 찍는다
언어言語
도단道斷이다.

시월 하순

– 서우瑞雨에게

'상원사 골짜기
오대산장
곱게 미친 계집들이 물가에 앉아
오줌을 싸고 있다.'*

어디서 연지 곤지 다 훔쳐다
덕지덕지 찍어 바르고
버럭버럭 발광을 하고 있는
저 화냥년들.

* 첫 연은 서우 이무원 시인의 글

숫돌은 자신을 버려 칼을 벼린다

제 몸을 바쳐
저보다 강한 칼을 먹는
숫돌,

영혼에 살이 찌면 무딘 칼이 된다.

날을 세워 살진 마음을 베려면
자신을 갈아
한 생을 빛내고,

살아남기 위해서는 버려야 한다.

서로 맞붙어 울어야
비로소 이루는
상생相生,

칼과 숫돌 사이에는 시린 영혼의 눈물이 있다.

팽이는 때려야 돌고 돌아야 선다

멈춘 팽이는 죽은 팽이다
죽은 팽이는 팽이가 아니다
토사구팽이다

멈추면 서지 못하는
팽이를 때려 다오
돌아서 서도록 쳐 다오

너의 팽이채는
쇠좆매,
윙윙 울도록 때려 다오

중심을 잡고
불불대도록,
불립문자가 되도록 쳐 다오.

둥근잎나팔꽃

아침에 피는 꽃은 누가 보고 싶어 피는가
홍자색 꽃 속으로
한번 들어가 보자고
가는 허리에 매달려 한나절을 기어오르다
어슴새벽부터 푸른 심장 뛰는 소리---,
헐떡이며 몇 백 리를 가면
너의 첫 입술에 온몸이 녹을 듯, 허나,
하릴없다 하릴없다 유성처럼 지는 꽃잎들
그림자만 밟아도 슬픔으로 무너질까
다가가기도 마음 겨워 눈물이 나서
너에게 가는 영혼마저 지워 버리노라면
억장 무너지는 일 어디 하나 둘이랴만
꽃 속 천리 해는 지고
타는 들길을 홀로 가는 사내
천년의 고독을 안고, 어둠 속으로,
뒷모습이 언뜻 하얗게 지워지고 있다.

중복中伏

그 여자,

깜빡

정신을 놓았는지

매화나무

우듬지

바락바락

발악을 하고 있는

저 매미!

비 그친 오후

- 선연가嬋娟歌

집을 비운 사이
초록빛 탱글탱글 빛나던 청매실 절로 다 떨어지고
그 자리
매미가 오셨다, 떼로 몰려 오셨다

조용하던 매화나무
가도 가도 끝없는 한낮의 넘쳐나는 소리,
소낙비 소리로,
나무 아래 다물다물 쌓이고 있다

눈물 젖은 손수건을 말리며
한평생을 노래로 재고 있는 매미들,
단가로 다듬어 완창을 뽑아대는데, 그만,
투명한 손수건이 하염없이 또 젖고 젖어,

세상 모르고
제 세월을 만난 듯
쨍쨍하게 풀고 우려내면서
매미도 한철이라고 노래하고 있는 것인가

비 그친 오후

일제히 뽑아내는 한줄기 매미소리가

문득

매화나무를 떠안고 가는 서녁 하늘 아래,

어디선가

심봉사 눈 뜨는 소리로 연꽃이 열리고 있다

얼씨구! 잘한다! 그렇지!

추임새가 덩실덩실 춤을 추고 있다.

*선연蟬娟 : 매미를 이르는 말은 '蟬蜎'이나 매미의 자태가 예쁘다
하여 '嬋娟'이라고도 함.

추억, 지다

한여름 다 해질녘
봉숭아 꽃물을 들인다
꽃을 따 누이의 손톱마다
고운 물을 들인다
이쁜 반달손톱 속에는 벌써
첫눈이 내린다
매미 소리 한철 같은 누이의
첫사랑이 내린다
추억이 짓는 아스라한 한숨소리
손톱 속으로 스며들고
손가락 꼭꼭 싸맨 그리움이
추억추억 쌓이고 있다
해 설핏한 저녁에 꽃물을 들이는
눈썹마당에 이는 바람인 듯
슬슬슬 어스름이 내릴 때
가슴속에선 누가 북을 치고 있는지
다소곳 여민 적삼 안으로
그리움이 스멀스멀 스며들고
입술 촉촉 젖어 살짝 깨무는 소리

어스레한 누이의 젖은 눈가로

봉숭아꽃 하나 둘 지고 있었다.

하산下山

– 한거일지閑居日誌 10

까막산 구로암求路庵에서
하산하다
이곳이 선계
사람 사는 곳
진흙구렁이라도 정답고
개똥밭이라도 좋다
구로암에서 길을 찾는 일
길은 어디에도 보이지 않았다
다만 내 마음속으로 나 있을 뿐
불 없는 고행길은 끝이 없고
짐승들 울부짖는 소리만
산천에 가득하다
하루 종일 잠들지 못하고
암흑의 깊은 골짜기
나는 내려간다
내 마음속의 길을 따라
세상은 그래도 푸르고 환하다
아직은 따뜻하다.

난타

양철집을 짓자 장마가 오셨다
물방울 악단을 데리고 오셨다
난타 공연이 밤새도록 계속되었다
빗방울은 온몸으로 두드리는 하늘의 악기
관람하는 나무들의 박수소리가 파랗다
새들은 시끄럽다고 슬그머니 사라지고
물방울만 신이 나서 온몸으로 울었다
천둥과 번개의 추임새가 부서진 물방울로
귀명창 되라 귀와 눈을 씻어주자
소리의 절벽들이 귀가 틔여서
잠은 물 건너가고 밤은 호수처럼 깊다
날이 새면 저놈들은 산허리를 감고
세상은 속절없는 꿈에서 깨어나리라
깨어지면서 소리를 이룬 물방울들이
다시 모여 물의 집에 고기를 기르려니,

방송에선 어디엔가 물난리가 났다고
긴급 속보를 전하고 있다
약수若水가 수마水魔가 되기도 하는 생의 변두리
나는 지금 비를 맞고 있는 양철북이다.

31

추상

할 일 다 한 밤나무 꽃 이삭
공중에서 교미를 마친 수벌처럼
숭얼숭얼 떨어져 땅에 누웠다
밤느정이 세상사 부질없다고
이별이야, 님과 나의 이별이야
이리저리 얽혀 응어리진 매듭
마지막 혼불로 풀고 있는 것인가
온몸이 꽃으로 무너져내린 사내
여장한 사내
푸른 치마 꺼꾸로 입고 그린
추상화 한 폭
밤늦게 홀로 돌아오는 길
대낮 같이 밝은 오월 보름날
느정느정 솔지 않은 희망이여
파란과 만장인 생生의 만날이었던가
한 치 건너 두 치인 세상
달빛이 밤늦으로 그린 그림을 본다
땅 위에 그린 밤늦의 추상화를.

색色

죽었다,
끝장났다?
비 온 뒤
치솟는 죽순을 보라.
한창 흙내 맡은 무논의 점령군
저 초록빛 격정의 군화소리!
청개구리 색색대며 파랗게 울고
시원한 빗줄기 속으로
미끈유월 심란하게 날아간다.
그러나 외면 마라,
온 세상이 푸른 절창인데
너는 철창의 날개 꺾인 새라고,
이미 때는 늦었다고
색독, 색독하지 마라.
빨강, 파랑, 원색의 물결을 짓는
네 생生의 파장을 위해,
구메구메 색色을 써라,
색을 즐겨라!

매화나무 책 베고 눕다

겨우내 성찰한 걸 수화로 던지던 성자 매화나무
초록의 새장이 되어 온몸을 내어 주었다
새벽 참새 떼가 재재거리며 수다를 떨다 가고
아침 까치 몇 마리 방문해 구화가 요란하더니
나무속에 몸을 감춘 새 한 마리
끼역끼역, 찌익찌익, 찌릭찌릭! 신호를 보낸다
'다 소용없다, 하릴없다!' 는 뜻인가
내 귀는 오독으로 멀리 트여 황홀하다
한 치 앞도 모르는 게 인생이라는데
고요의 바다를 항해하는 한 잎의 배
죄 되지 않을까 문득 하늘을 본다
창공으로 날아오르는 입술들, 혓바닥들
천의 방언으로 천지가 팽팽하다, 푸르다
나무의 심장은 은백색 영혼의 날개를 달아
하늘 높이 날아오르고
언어의 자궁인 푸른 잎들
땡볕이 좋다고 금빛으로 반짝이고 있다
파다하니 뱉는 언어가 금방 고갈되었는지
적막이 낭자하게 나무를 감싸안는다

아직까지 매달려 있는 탱탱한 열매 몇 알
적멸로 씻은 말 몇 마디 풀어내려는지
푸른 혓바닥을 열심히 날름대고 있다
바람의 말, 비의 말, 빛의 말들
호리고 감치는 품이 말끔하다 했는데
눈물에 젖었다 말랐는지 제법 가락이 붙었다
그때,
바로 뒷산에서 휘파람새가 화려하게 울고
우체부 아저씨가 다녀가셨다
전신마취를 한 듯한, 적요로운, 오후 3시.

5월에 길을 잃다

팍팍한 길 나 홀로 예까지 왔네
나 이제 막막한 길 가지 못하네
눈길 끄는 곳마다
찔레꽃 입술 너무 매워서
마음 가는 곳마다
하늘 너무 푸르러 나는 못 가네.

발길 닿는 곳마다 길은 길이니
갈 수 없어도 가야 하나
길은 모두 물로 들어가고
산으로 들어가니
바닷길, 황톳길 따라 가야 하나
돌아설 수 없어 나는 가야 하나.

어디로 가나
어디로 가나.

만해마을에서

오란다고 갈 것이며 가란다고 갈 것이냐

현현하는 것들마다 허깨비 화상이요

스스로 스릴없이 스러질 것도 아닌데

님은 어디 계시는가 거기 그냥 계시는가.

죽죽竹竹

하늘바다 헤엄치는 저 은린들아
이쁜 눈썹 푸르게 반짝이거라
눈짓으로나 또는 몸짓으로나
여긴 달 뜬 세상 꿈속이어서
귀에 가득 반짝이는 저 이쁜 것들이
한도 끝도 없이 일으키는 파돗소리
길 다 지우고 산도 모두 허물어 버려
허허벌판 만리 허공 비우고 있구나
네 몸의 그늘과 살의 그림자까지도
대명천지 아니라도 일색이어서
푸른 그리움은 해마다 되살아 오고
진달래 붉은 산천 꽃이 피어나
갈 곳 없는 풍찬노숙 나의 가슴을
봄바람소리 흔들어 잠 깨우는구나.

꽃 진 봄

화포花砲 터지는 소리, 일순, 뜨거웠다
번개 번쩍,
천둥 치고
날이 들자
유방을 들어낸 여자
젖 하나 드러낸 여자
밖에서 오소소 떨고 있었다
이제는 여자도 아니라고
속에서 치밀어 오르는 자욱한 포연 같은
해방된 슬픔,
젖은 빈 가슴속에 묻으며
무화과無花果 한 알 달고 있는
생과부 같은 저 여자女子!

홍해리洪海里는 어디 있는가

시詩의 나라
우이도원牛耳桃源
찔레꽃 속에 사는
그대의 가슴속
해종일
까막딱따구리와 노는
바람과 물소리
새벽마다 꿈이 생생生生한
한 사내가 끝없이 가고 있는
행行과 행行 사이
눈 시린 푸른 매화,
대나무 까맣게 웃고 있는
솔밭 옆 마을
꽃술이 술꽃으로 피는
난정蘭丁의 누옥이 있는
말씀으로 서는 마을
그곳이 홍해리洪海里인가.

악역

시커멓다고 욕하지 마라 연탄이다

울지 않는다고 눈물이 없겠느냐

더운 밥 한 그릇 네게 바치려

구멍마다 뜨거운 한숨 남몰래 뱉고

웃날이 들면 네게도 꽃을 피우려니

욕하지 마라 지금 시커먼 연탄이다.

그녀가 보고 싶다

크고 동그란 쌍꺼풀의 눈

살짝 가선이 지는 눈가

초롱초롱 빛나는 까만 눈빛

반듯한 이마와 오똑한 콧날

도톰하니 붉은 입술과 잘 익은 볼

단단하고 새하얀 치아

칠흑의 긴 머릿결과 두 귀

작은 턱과 가는 허리

탄력 있는 원추형 유방

연한 적색의 유두

긴 목선과 날씬한 다리

언뜻 드러나는 이쁜 배꼽

밝은 빛 감도는 튼실한 엉덩이

주렁주렁 보석 장신구 없으면 어때,

홍분 백분 바르지 않은 민낯으로

나풀나풀 가벼운 걸음걸이

깊은 속내 보이지 않는

또깡또깡 단단한 뼈대

건강한 오장육부와 맑은 피부

한번 보면 또 한 번 보고 싶은

하박하박하든 차란차란하든

품안에 포옥 안기는 한 편의 시詩.

폭설暴雪 2

붓질 한 번으로
먼 산山이 지워지고
허공을 가로 날던
까만 새까지 사라지자
일순 눈이 먼 화가의 세상
민주주의인가
사회주의인가.

바라건대
비소, 청산의 독毒 같은
슬픔이 묻어나는,
일필휘지
외로움으로 그린
산수화
한 폭의 여백餘白이기를!

폭설暴雪 1

내 마음속 전나무길 눈은 쌓여서

밤새도록 날 새도록 내려 쌓여서

서늘한 이마 홀로 빛나라

빛나는 눈빛 홀로 밝아라

이승의 모든 인연 벗겨지도록

저승의 서룬 영혼 씻겨지도록.

문상問喪

엊저녁
지상의 마법을 벗은
아름다운 영혼이 하나 지고
하늘에는
새로운 별이 이름표를 달았다
홀로 왔다
혼자 간다며
친구는 액자 속에서 웃고 있었다
그는
말이 없었으나
식장은 쓸쓸하게 시끄러웠다
하늘에서
내려다본 지상의 불빛은
보석밭이었지만
하늘의 별들은 희미했다.

무화과無花果

애 배는 것 부끄러운 일 아닌데
그녀는 왜 꼭꼭 숨기고 있는지
대체 누가 그녀를 범했을까
애비도 모르는 저 이쁜 것들, 주렁주렁,
스스로 익어 벙글어지다니
은밀이란 말이 딱 들어맞는다
오늘밤 슬그머니 문지방 넘어가 보면
어둠이 어둡지 않고 빛나고 있을까
벙어리처녀 애 뱄다고 애 먹이지 말고
울지 않는 새 울리려고 안달 마라
숨어서 하는 짓거리 더욱 달콤하다고
열매 속에선 꽃들이 난리가 아니다
질펀한 소리 고래고래 질러대며
무진무진 애쓰는 혼 뜬 사내 하나 있다.

은자隱者의 꿈

산 채로 서서 적멸에 든
고산대의 주목朱木 한 그루,

타협을 거부하는 시인이
거문고 줄 팽팽히 조여 놓고
하늘관棺을 이고
설한풍 속 추상으로 서 계시다.

현과 현 사이
바람처럼 들락이는
마른 울음
때로는
배경이 되고
깊은 풍경이 되기도 하면서,

듣는 이
보는 이 하나 없는
한밤에도 환하다
반듯하고 꼿꼿하시다.

순리

매듭은 풀리기 위해 묶여 있다

치마끈이든
저고리 고름이든

끊으려 하지 마라
자르지 마라

매듭은 풀리기 위해 묶여 있다.

독

네 앞에 서면
나는 그냥 배가 부르다

애인아, 잿물 같은
고독은 어둘수록 화안하다

눈이 내린 날
나는 독 속에서 독이 올라

오지든 질그릇이든
서서 죽는 침묵의 집이 된다.

짧은 생각

그리움은 꼬리가 길어
늘 허기지고 목이 마르니
다 사릴 때까지 기다릴 수밖에야!
실처럼 금처럼 실금실금
기우는 햇살 같이나
우리는 하릴없이 서성이며
가슴에 울컥울컥 불이나 토할 것이냐
우도 바닷가 갯쑥부쟁이
겨우내 바다를 울리는 연한 보랏빛,
갑도 절벽의 푸른 난을 기르는
맑은 바람의 눈물빛 울음,
파랑도의 파란 하늘을 밝히는
파도의 연연한 이랑이랑아
난초꽃 하얀 향을 뿜어 올리는
고운 흙의 따순 가슴을 보아라
흔들릴 적마다 별이 뜨지 않느냐
그리움아, 하얀 그리움아,
눈이 먼 사람에겐 멀지 않은
그리움은 허공에 반짝이는 섬이거니
간다 간다 휘적휘적 그 섬 찾아서.

갈대

올 때 되면 올 데로 오고
갈 때 되면 갈 데로 가는
철새들이 오는 걸 미리 알고
무리 지은 갈대는 꽃을 피워
하늘을 향해 흔들고 있는 것이다
저 새들의 날갯짓이
갈대를 따뜻하게 했으니
갈대는 스스로 몸을 꺾어
날갯죽지에 부리를 묻고 밤을 지새우는
새들의 보금자리가 되어 주고
강물은 새들의 시린 꿈이 안쓰러워
소리 죽여 울면서 흘러가는 것이다
깊은 밤 잠 못 들고 뒤척이는 이여
바람소리에 흔들리지 마라
허기진 네 영혼이 이 밤을 도와
강물 따라 등불 밝힌 마을에 닿을 때면
잠든 새들을 지켜 주던 별들은
충혈된 눈을 이슬로 닦으며 스러지고
갈대는 사내처럼 떠나버린 새들이 그리워
또 한 해를 기다리는 것이다.

빈집

집은 무너지기 위하여 서 있는가
집을 지키는 힘은 무엇인가
빈집은 왜 무너지는가
무너지는 집이 안타까워
거미들은 줄을 늘여 이리저리 엮고
귀뚜라미도 목을 놓아 노래 부르는
마당에는 개망초 멋대로 자라
들쥐까지 모여들어 둥지를 트는
찬바람 넘나들며 문을 여닫는
집이 무너지고 있다
너는 지금 어디에 나가 있는가
나는 빈 들판의 기우는 집이다.

내소사 입구에서 전어를 굽다

전어 굽는 냄새에 집 나간 며느리가 돌아온다는,

초가을
내소사 입구
전어 굽는 냄새
왕소금 튀듯 하는데
한번 나간 며느리 소식은커녕
단풍든 사내들만 흔들리고 있었네
동동주에 붉게 타 비틀대고 있었네.

달개비꽃

마디마디
정을 끊고
내팽개쳐도,

금방
새살림 차리는
저 독한 계집.

이제는
쳐다보지도,
말도 않는다고

말똥말똥 젖은 눈
하늘 홀리는
저 미친 계집.

낙엽을 밟으며

개벽의 울음에서
묵연한 적멸까지
이승에서 저승인데
내가 가야 할 길
한 치 앞이 천리인가 만리인가
피는 아직 시커멓게 울어도
아무것도 보지 못하고
듣지 못하는
앉은뱅이야
천년 만년 살 것처럼 하지 마라.

소리 없이 세상 열고
조용히 흔들리다
그냥 떨어져 내리는
화엄의 경을 보라
상처 없이 물든 이파리가 있는지
느티나무에서 옻나무까지
한평생 눈물로 씻고 울음으로 삭인
한 잎 한 잎 사리로 지는데

함부로 밟지 마라

낙엽만도 못한 인생들아.

일탈逸脫

1
귀 눈 등 똥
말 멱 목 발
배 볼 뺨 뼈
살 샅 손 숨
씹 이 입 좆
침 코 턱 털
피 혀 힘…

몸인 나,
너를 버리는데 백년이 걸린다
그것이 한평생이다.

2
내가 물이고
꽃이고 불이다
흙이고 바람이고 빛이다.

그리움 사랑 기다림 미움 사라짐 외로움 기쁨 부끄러움
슬픔 노여움과 눈물과 꿈, 옷과 밥과 집, 글과 헤어짐과

아쉬움과 만남 새로움 서글픔

　그리고 어제 괴로움 술 오늘 서러움 노래 모레 두려움
춤 안타까움 놀라움 쓸쓸함

　(내일은 없다)

　그리고 사람과 삶, 가장 아름다운 불꽃처럼

　우리말로 된 이름씨들 앞에서

　한없이 하릴없이 하염없이 힘이 빠지는 것은

　아직 내게 어둠이 남아 있기 때문일까

　한 그릇의 밥이 있어서일까

　일탈이다, 어차피 일탈逸脫이다.

첫사랑

1
얼굴이 동그랗고

눈이 큰 소녀

사과나무 가지마다

볼 붉히고 있다.

2
가슴속

환하고

황홀한

무덤 하나.

산적

가볍게 살고 싶어
겔리 게을리 게으르게
느릿느릿 느리게 살고 싶어
수염을 깎지 않아 텁수룩하다
얼굴에 나룻이 북슬북슬하다
밖에서는 산에서 내려왔느냐 묻고
안에서는 산적山賊 같으니 깎으라 한다
그러나 그리 살지 못하니
차라리 꼬챙이에 꿰인
산적散炙이 되어 네 앞에 눕고 싶다, 아니
산 적敵이 되어 네 앞에 무릎 꿇고 싶다
이미 생生이 만선이라
마음이 산적山積 같다
신고하노니,
이제 산으로 들어간다
산 속에 숨어 살리라
너의 그늘을 벗으리라, 나여
산적, 그래 나는 산적이다.

길

백로가 되면 투명한 이슬 구르는 소리
백로 깃털처럼 가볍다
나무속에서 나왔던 나무들
적막 속 적막으로 침잠하기 위하여
우듬지는 하늘 가까이 묵언으로 흔들리고
뿌리는 지층 깊이 말라 있다
고요를 허물던 나무들의 노역
천근만근 무겁던 몸도 매미 허물이다
달뜨지 마라 달뜨지 마라
조화는 혼돈 속에서 빛나고
세상은 불평등으로 평등하다
우주의 경전을 설법하고 있는 나무들
죽비가 된 나뭇가지 등짝을 내리치고
가을가을 해탈의 문으로 들어서고 있는
새와 물고기와 짐승과 벌레들아
세상의 모든 길은 내 발바닥에 있다.

한가을 지고 나면

기적도 울리지 않고 열차가 들어온다

한갓되이 꽃들이 철길 따라 피어 있다

굴을 지날 때 승객들은 잠깐 숨이 멎는다

역사에는 개망초처럼 소문이 무성하다

기약 없이 열차는 다음 역을 향해 떠난다

꽃잎 지는 역은 장 제자리에 있다

봄이 오기까지 몇 년을 기다려야 한다.

세란정사洗蘭精舍

우이동 골짜기
새끼손톱만한 절 한 채 있네
절이 아니라 암자 하나 숨어 있네
난초 이파리나 씻으며 산다는
시를 쓴답시고 초싹이는 땡초
날 맑고 푸른 어느 날
마당에 나는 고추잠자리를 보고
시도 때도 없이 하늘 날고
집도 절도 없어도 내려앉는
자유자재의 길이여
그 무소유의 소유를 보고
시여 날아다오 날아다오 빌고 있네
'자네가 쓰는 시는 시도 아니다
자네가 쓰는 것도 아니다
자네가 어찌 시를 쓰겠는가
시는 어디 있는가
이미 쓰여져 있지 않은가' 하는 소리
첩년의 머리 위에 내리는 이슬비처럼
삽시간 그 사내를 적시고 있네

비에 젖은 그의 영혼의 밥그릇에

숟가락 하나 세워 삽시를 하고

잔 가득 매실주 넘치도록 첨작을 하며

울컥울컥 넘어오는 아픔 되삼키고 있네

눈앞에 널려 있는 시詩를 보지 못하고

먼 길을 돌아돌아 홀로 가는 길

어지럽고 숨이 차 헐떡이고 있을 때

별들의 공중누각을 잎새로 가리고 있는

마당가 오죽 몇 그루 바람소리로 웃고 있네.

소금쟁이

북한산 골짜기
산을 씻고 내려온 맑은 물
잠시,
머물며 가는 물마당
소금쟁이 한 마리
물 위를 젖다
뛰어다니다,
물속에 잠긴 산 그림자
껴안고 있는 긴 다리
진경산수
한 폭,

적멸의 여백.

시詩를 찾아가는 그대에게

초례청에 선 너의 자만을 몰아내고
너 자신을 적멸사막에 위리안치하라
간단없는 움직임으로 멈출 수 있도록
목첩에 닥친 어둠을 뚫고 또 뚫어서
홀연 새벽 빗장 여는 소리 들릴 때까지
마음속에 숨은 무명 스스로 빛날 때까지,

깊은 여행 속으로 빠져들어 가라
버리고 온 발길을 찾아 명부까지
천의 계단 만의 계단 오르고 올라
돌계단이 다 닳고 닳아 버려서
아무것도 보이지 않을 때까지
아무것도 들리지 않을 때까지.

백궁白宮 속 까만 씨앗을 위하여

1

작년 여름
죽을둥살둥 죽-을-둥-살-둥
2층 지붕 티비 안테나까지 감고 올라가
하늘 등을 달고 종을 울리던
말라버린 나팔꽃 줄기를 본다
아직도 쇠 파이프를 악착같이 움켜쥐고 있다
이미 길은 끊어지고
목숨도 다했지만
죽어서까지도 필사적이다.

2

올라갈수록 이파리도 커지고
줄기도 튼실해지던 너
네가 떨어뜨린 씨앗들이
올해도 마당을 환하게 밝히고 있다
길을 찾아가는 것은 길을 내는 일
꽃을 피우는 일은 잠깐
그 아름다운 찰나를 위하여
너는 온몸으로 몸부림을 쳤다

얼마나 힘든 노역이었더냐
너의 몸이 손이었다
일손이었다.

3
몸으로 파이프를 장악하여 너는
왼쪽으로, 위로만 방향 지시를 했지
그것이 무슨 예언이었을까
아래쪽의 비난의 소리를 묵살하고
고통의 달콤한 맛을 즐기려 했을까
부조父祖의 권위를 지키고 싶었을까.

4
밑에서 뿌리를 잘라 놓아도
몸 안의 남은 피 한 방울까지 짜 올려
마지막 꽃송이를 피우고 나서야
잎은 시들고 줄기는 말라 파이프에 매달렸다
어머니의 어머니의 어머니의 힘으로
천리 먼 길 백궁白宮 속 까만 씨앗을 익혀

피의 족보를 쓰는 독기와

서럽던 역사도 있어 너는 아름답다.

6월

초록치마
빨강저고리

다 걸친 채
감투거리하는

가쁜 대낮의
저 여자

내팽개쳐진
장미꽃.

찔레꽃 필 때

제 가슴속

하얀 그리움의 감옥 한 채 짓고

기인 긴 봄날

홀로

시퍼렇게 앓고 있는 까치독사

내가 줄 게 뭐냐고

먼 산에서

우는 뻐꾸기.

해배될 날만 기다리는

오동나무 속

새끼 딱따구리

까맣게 저무는 봄날….

맛에 대하여

맛을 맛답게
맛을 맛나게 하고
맛의 맛을 더해 주는 것은 쓴맛이지
쓴맛 단맛 다 보고 나면 쓴맛이 달 듯
'맛있어요'라는 말은 '맛이 써요'가 아닌가
냄새로 맡는 맛과
느껴서 맡는 맛도 맛은 맛이고
눈으로 맛있다 하고
맛있는 소리에 귀를 여는 것과
때로는 소금밭에 젖는 것도
뜨거운 맛과
매운맛도
미각 세포를 자극하는 것과 다를 바 없지만
맛은 역시 쓴맛이 으뜸
쓴맛을 본 사람이 사람맛이 나지
쓸개 빠진 놈이 무슨 맛이 있으랴
소태 같이 쓰디쓴 시詩 한 편 써서
입이 써서 밥 못 먹는 이들
입맛 밥맛 돌게 할 수 있다면 오감하겠네
맛있는 시詩의 맛처럼!

0에 대하여

0은 텅 비어 있다 아니다 가득 차 있다
네 손에 찬 수갑이다 자유다
구상이다 추상이다 허무다 꿈의 열매다
시작이다 끝이다 영원이다

전혀 없는 도무지 아무것도 아니다
아니다 우주의 자궁이다 만유다
자연주의자다 상징주의자다
그녀의 허울이다 굴러가는 구멍이다

이슬방울이다 꽃봉오리다
모래집물에 유영하는 태아다

너와 나를 차단하는 경계다 절대 고독이다
위리안치의 배소다 하늘이다.

나는 너를 너무 힘들게 한다

내가 너를 너무 힘들게 하는구나
머리를 쥐어짜고 끙끙거리고
의심하고 절망하고 차고 던지고
찍어 바르고 찢어버리고
부르르 떨고 실망하고 흥분하고
너무 짙게 화장을 하기도 하고
맞지 않는 옷을 입히기도 하고
지겹다면서 껴안고 두들기고
밤새워 괴롭히고 물어뜯고
잠 못 자게 하고 힘들게 하고
새벽까지 쓰다듬고 비비고 문지르고
멀쩡한 팔다리를 잘랐다 붙였다 하고
내장을 꺼냈다 넣었다 하고
설익은 몰골 세상에 드러내 망신 주고
무슨 한이 맺혔다고 그리 난리를 치고
사랑한다고 너 없으면 못 산다고
그립다고 기다린다고 청승을 떨고
상처가 깊을수록 아름다울 거라고,

간대로 모습을 드러내지는 않을 너에게

이러고도 시인이라고, 내가?

장미, 폭발하다

가시철망

초록 대문 위

천하에

까발려진

저,

낭자한 음순들

낭창낭창

흔들리는

저, 저,

호사바치.

후문

1

발자국은 바다로만 향해 있었다.

2

해 뜨기 전
재두루미 한 마리
해장을 할까 하고
밀고 써는 물에 발목을 담그고
물음표로 서 있다
어딘가로 날아가고,

3

그 후 아무 소식도 들려오지 않았다.

4

그날 밤 어린 별이 하나
유난히 반짝이고 있었다 한다.

청보리밭

보리밭 사이로 걸어
어디로 가나
초록빛 사태지는
꿈도 섦은 5월이면
정은 깊은 산
그윽한 골짜기.

뒷산에서는
간헐적으로 꿩이 울고
비는 내려도
하늘이 가벼운데
보리밭 사잇길 따라
어디로 가나.

푸서리의 찔레꽃

도시락

둘러멘

무명보자기

계집애

하얀 얼굴

잘 익은 농주든가

아질한 향내

먼지 풀풀

황톳길

허기진 바람

가뿐 숨

단내 나는데

딸각딸각 빈 소리

타는 고갯길.

연가를 위하여

가벼운 연가 같은 시詩
쓰지 말자 다짐해도

찔레꽃과 벌이 만드는 봄은
천둥과 벼락의 세상이네

'시詩는 이런 거야!' 하며
팔만대장경을 풀고 있는 푸새들

푸른 몸살을 위하여
작은 산 하나 가슴에 품다.

다시 시를 찾다

물속으로 내리박았던
물총새,
나뭇가지에 앉아, 잠시,
진저리치듯.

온몸을 폭탄으로
또다시,
물속에 뛰어들기 위하여
물속을 들여다보듯.

왜 이리 세상이 환하게 슬픈 것이냐

- 찔레꽃

너를 보면 왜 눈부터 아픈 것이냐

흰 면사포 쓰고
고백성사하고 있는
청상과부 어머니, 까막과부 누이

윤이월 지나
춘삼월 보름이라고
소쩍새도 투명하게 밤을 밝히는데

왜 이리 세상이 환하게 슬픈 것이냐.

목쉰 봄

찔레꽃 하얀 궁전 좁은 가슴속

꿈은 어찌 그리도 깊었던 걸까

죄받을 일 있는가 걱정이구나

햇볕이 너무 좋아 가슴 젖는 날

네 이름을 부른다 목이 쉬도록

수줍어 창백하던 여린 누이야!

봄, 벼락치다

천길 낭떠러지다, 봄은.

어디 불이라도 났는지
흔들리는 산자락마다 연분홍 파르티잔들
역병이 창궐하듯
여북했으면 저리들일까.

나무들은 소신공양을 하고 바위마다 향 피워 예불 드리
는데 겨우내 다독였던 몸뚱어리 문 열고 나오는 게 춘향
이 여부없다 아련한 봄날 산것들 분통 챙겨 이리저리 연
을 엮고 햇빛이 너무 맑아 내가 날 부르는 소리,

우주란 본시 한 채의 집이거늘 살피가 어디 있다고 새
날개 위에도 꽃가지에도 한자리 하지 못하고 잠행하는 바
람처럼 마음의 삭도를 끼고 멍이 드는 윤이월 스무이틀
이마가 서늘한 북한산 기슭으로 도지는 화병,

벼락치고 있다, 소소명명!

조팝나무꽃

숱한 자식들
먹여 살리려
죽어라 일만 하다
가신
어머니,

다 큰 자식들
아직도
못 미더워
이밥 가득 광주리 이고
서 계신 밭머리,

산비둘기 먼 산에서 운다.

꽃나무 아래 서면 눈물나는 사랑아

꽃나무 아래 서면 눈이 슬픈 사람아
이 봄날 마음 둔 것들 눈독들이다
눈멀면 꽃 지고 상처도 사라지는가
욕하지 마라, 산 것들 물오른다고
죽을 줄 모르고 달려오는 저 바람
마음도 주기 전 날아가 버리고 마니
네게 주는 눈길 쌓이면 무덤 되리라
꽃은 피어 온 세상 기가 넘쳐나지만
허기진 가난이면 또 어떻겠느냐
윤이월 달 아래 벙그는 저 빈 자궁들
제발 죄받을 일이라도 있어야겠다
취하지 않는 파도가 하늘에 닿아
아무래도 혼자서는 못 마시겠네
꽃나무 아래 서면 눈물나는 사랑아.

학鶴을 품다

뒷산의 깊은 침묵이 겨우내 매화나무로 흘러들어 쌓여서

오늘 가지마다 꽃을 달았다, 생생生生하다

매화나무 주변에 어리는 향긋한 그늘…….

그 자리 마음을 벗어 놓고 눈을 감으면

학이 날고 있다, 수천 수만 마리의 군무가 향그러운 봄
날!

점심點心에 대하여

점심은 한가운데 점을 보는 것이다
오늘 점심은 마음에 까만 점을 놓는다
아니, 가슴에 불을 켠다
배꼽은 텅 빈 바다에 둥둥 떠돌고 있다
오늘 점심은 2500원짜리 자장면으로 때운다
매끄러운 면발의 먼 길을 들고 나면
전신으로 졸음이 솔솔 불어온다
자장자장 자장가도 흘러든다
금방 그릇 가득 희망과 절망이 출렁인다
2500원이면 퇴계 선생 두 분과
은빛 하늘을 날아가는 학이 한 마리
자장면을 비울 때는
자장면이 아니라 짜장면이라고 해야 짜장,
맛이 더 나는지 알 수가 없다
나와 나 사이의 틈새를 날릴 소주 한잔 속에
가벼운 봄날을 새 한 마리 졸고 있다
도포를 입으면 도포짜리
삿갓을 쓰면 삿갓짜리가 되지만
도포도 없고 삿갓도 없어

봄날이 짜릿짜릿하다

슬픔의 힘은 아름답고 점심은 즐겁다

퇴계 두 분과 한 마리 학을

까만 자장면과 바꾸는 일은 위대한 거래다

눈을 감으면

세 마리 학이 나른나른 날고 있다.

꽃다지꽃

꽃에서 꽃으로 가는 완행열차
나른한 봄날의 기적을 울리며 도착하고 있다
연초록 보드란 외투를 걸친 쬐그마한 계집애
샛노랗게 웃고 있는 앙증맞은 몸뚱어리
누가 천불나게 기다린다고
누가 저를 못 본다고
포한할까 봐 숨막히게 달려와서
얼음 녹아 흐르는 투명한 물소리에, 겨우내내
염장했던 그리움을 죄다 녹여, 산득산득
풀어 놓지만 애먼 것만 잡는 건 아닌지
나무들은 아직도 생각이 깊어 움쩍 않고
홀로 울고 있는 초등학교 풍금소리 가득 싣고
바글바글 끓고 있는 첫사랑,

꽃다지꽃.

참꽃여자女子 8

나이 들어도
늙을 줄 모르고,

달래야!
한마디에,

속치마 버선발로
달려나오는,

볼 발그레 물들이는
그 여자女子.

취홍醉紅

살진 눈발이 하염없이 내리퍼붓는 솔밭

바늘잎 위에 순백의 집 한 채 짓고 싶어

눈발이 눈발을 어루만지며 발맞춰 내리고

서로 쓰다듬으면서 사랑하라 사랑하라고

거칠 것 없이 유유히 내려쌓이는 여유를

보라 눈보라 속의 눈, 눈, 눈, 보라 눈보라

그냥 설레게 하는 눈발이 과거로 가는 길목

아름다운 슬픔 하나하나 떼로떼로 막아서고

세월이 세월을 몰고 간다는 것을 알고 있어

눈은 내리면서 길을 지우고 산도 지운다고

빛나는 소멸을 가르치는 저 옥판선지玉版宣紙 하늘

그래서 눈발은 내리고 하릴없이 퍼붓는가.

뫼비우스의 띠

- 첫눈

1
너는
천리 밖

나는
만리 밖

칠흑빛
어둠.

2
너의 새끼손가락 손톱 속에는
아직도 분홍빛 바람이 떠도는가

눈에 묻히는
동백꽃 송이.

3

새벽 까치부부가 마당에, 몰래

그려 놓은 뫼비우스의 띠.

묘명하다.

청상과부

꽃 지고 잎도 졌다고
한세상 다 갔구나 하지 마라
때로는 꿈도 접어야
절망 속에서 길을 찾고
가던 길을 돌아설 줄 알아야
망각으로 상처를 씻나니
보이지 않는 길이 어찌 멀까 보냐
시작은 늘 끝에서 비롯되느니
섭섭히 저무는 세상
저벅저벅 말발굽 소리 단단한 겨울날,

보라
한 생生의 울음이 날아올랐다 내린
폭설 속에 홀로 서 있는
늘푸른 저 소나무.

은유의 기쁨

가을은 넉넉한 계집의 엉덩짝처럼,

탱글탱글 푸짐하다.

마당과부로 늙는 저 여자 어떡하나,

아뜩아뜩 단풍드네.

까막딱따구리, 울다

까막딱딱!

까막딱딱!

까막딱따구리한쌍이나무를찍고있다

저들의 울력에 나무가 살을 내주고 있다

그것이 나무의 천품天稟이다

나무의 어둠은 깊다

끝없는 심연이다

속살 속으로 깊이 파고들면

나무의 나이가 흔들리고

드디어 오동나무가 운다

텅 빈 오동이 소리를 한다

때로는 가야금으로

어떤 때는 거문고로 울고 있다

나무는 서러운 것이 아니다

비잠주복飛潛走伏하는것들모두귀를열고있다

까막딱딱!

까막딱딱!

참꽃여자女子 9

연분홍
꽃잎
하나
술잔에
띄우면,

연애하다
들킨
계집애
달아나는
저 허공!

처음이라는 말

'처음'이라는 말이 얼마나 정겨우냐
'첫'자만 들어도 가슴 설레지 않느냐
첫 만남도 그렇고
풋사랑의 첫 키스는 또 어떠냐
사랑도 첫사랑이지
첫날밤, 첫새벽, 첫정, 첫걸음, 첫나들이
나는 너에게 마지막 남자
너는 나에게 첫 여자이고 싶지
첫차를 타고 떠나라
막차가 끊기면 막막하지 않더냐
"처음 뵙겠습니다
잘 부탁합니다"
그렇게 살 수는 없을까
하늘 아래 새것은 없다지만
세상은 새롭지 않은 것 하나 없지
찰나가 영원이듯
생生은 울음으로 시작해 침묵으로 끝나는
물로 시작해 불로 끝나는
홀로 왔다 홀로 가는 긴 여로
처음이란 말이 얼마나 좋으냐.

나팔꽃, 바르르 떨다

꽃 속으로 속으로 들어가면

꿈의 집 한 채

영원으로 가는 길

눈썹 끝에 머무는

꿈결 같은 꽃자리

까막과부 하나.

지는 꽃에게 묻다

지는 게 아쉽다고 꽃대궁에 매달리지 마라

고개 뚝뚝 꺾어 그냥 떨어지는 꽃도 있잖니

지지 않는 꽃은 추억이라는 이름으로 피어나

과거로 가는 길 그리 가까웁게 끌고 가나니

너와의 거리가 멀어 더욱 잘 보이는 것이냐

먼 별빛도 짜장 아름답게 반짝이는 것이냐.

가을 들녘에 서면

다들 돌아간 자리
어머니 홀로 누워 계시네
줄줄이 여덟 자식 키워 보내고
다 꺼내 먹은 김칫독처럼
다 퍼내 먹은 쌀뒤주처럼
한 해의 고단한 노동을 마친
허허한 어머니의 생生이 누워 계시네
알곡 하나하나 다 거두어 간
꾸불꾸불한 논길을 따라
겨울바람 매섭게 몰려오는
기러기 하늘
어둠만 어머니 가슴으로 내려앉고
멀리 보이는 길에는 막차도 끊겼는가
낮은 처마 밑 흐릿한 불빛
맛있는 한 끼의 밥상을 위하여
빈 몸 하나 허허로이 누워 계시네.

가을 산에서

- 우이시편牛耳詩篇 8

혼백을 하늘로 땅으로 돌려보낸

텅 빈 자궁 같은, 또는

생과 사의 경계 같은

가을 산에 서 있었네

지난 봄 까막딱따구리가 파 놓은

오동나무 속 깊이

절 한 채 모셔 놓고

가지에 풍경 하나 달아 놓았네

감국 구절초 쑥부쟁이에게

안부를 남기고

물이 만들고 간 길을 따라

내려오다 보니

무장무장

먼 산에 이는 독약 같은 바람꽃

맑은 영혼의 나무들이 등불을 달고

여름내 쌓인 시름을 지우고 있었네

서리 내릴 때 서리 내리고

스러지는 파도가 다시 일어서는 것처럼

지나간 세월이 내일의 꿈이 될 수 있을까

먼 길이 다가서는 산에 혼자 서 있었네.

밤늦이 늘어질 때

몽환의 산그늘에 반란이 일어나고 있다
천근 고독의 사내가 자신을 해체하고 있다
구릿빛 비린내 느정느정 늘어져 꽃피고 있다.

벌거숭이 맨발로 달려가는 기적소리 들린다
푸른 천둥소리 은밀하니 진저리치는 산골짜기
허리끈 풀어진 잠들지 못하는 유월의 밤은 짧다.

연어 또는 동백꽃
- 우이시편牛耳詩篇 3

가고 싶다

연어처럼

혼인색 붉게 피워

개울물만 들이지 말고,

지고 싶다

동백처럼

동박새 불러

산등성이만 울리지 말고,

꽃이 피면 지듯이

열매가 익으면 떨어지듯이.

영원이란 무엇인가

나의 직선과 너의 곡선이 만나야
사랑이란 원이 된다 하지 않더냐
그것도 너의 이분법으로는 하루도 천년이다
시위의 힘으로 날아가는 화살처럼
유연하고 팽팽한 휘어짐이 아름다운 법이지
네 앞에서 말더듬이가 되던 나는 직선이었던가
머뭇거리던 곡선의 그윽함이었던가
떠나는 것에 대하여
사라지는 것에 대하여 말하지 말라
곡선은 직선이길 원하나
직선은 늘 원을 이루는 바탕이니
어디가 시작이고 끝이 어디인가
서둘지 말라
네 속에 꿈틀대는 수많은 곡선을 보라
현빈玄牝의 꽃을 보라
낮게 낮게 흐르는 물소리 들리지 않느냐
물소리를 내는 것은 부드러운 곡선이다
곧은 세월이 세상을 둥글게 만든다
영원은 떨리는 영霛이요 원願이다
둥글둥글!

이팝나무

흥부네 자식들이 이밥 한 그릇 앞에 하고 비잉 둘러앉아 있다

하늘이 밥이다

꽃은 금방 지고 만다

이팝나무 소복한 꽃송이 흰쌀밥 향기로 흥부는 배가 부르다.

고추꽃을 보며

누구 하나 거들떠보지도 않는
저 작고 보잘것없는 흰 꽃
쥐 죽은 듯 조용하다
어찌 저것이 밀애를 했나
푸른 고추를 달고
소리 소문도 없이 속에 하얀 씨앗을 가득 담는지
햇빛 쨍한 날
어느새 검붉게 피를 토하며
시뻘건 독을 모아
씨앗들을 노랗게 영글리는지
짤랑짤랑 방울 소리를 내는지
참,
모를 일일세
허구한 날
하고많은 꽃 다 제쳐두고
오늘 내 네 앞에서 전전긍긍하는 것은
내 버린 영혼을 네 매운 몸으로
비벼대고 싶어서일까 몰라
오랫동안 햇빛에 취한 너를 보며

내 홀로 골몰하는 것은
너의 우화등선
아니 수중 침전을 위해서인가
드디어
네가 죽어 눈앞이 환하다
세상이 시원하다
어, 시원해,
잘 익어 곰삭은 고추장 만세!

사랑은 덧없는 덫
- 나팔꽃

1
금빛
햇살로
열려
바르르
떨다
주름주름
말리는
음순陰脣

2
허공만
가득한
대낮,
소리 없이
지는
통꽃잎,
꽃잎들

3

사랑은

덧없는

덫.

연가

— 지아池娥에게

맷방석 앞에 하고

너와 나 마주 앉아 숨을 맞추어

맷손 같이 잡고 함께 돌리면

맷돌 가는 소리 어찌 곱지 않으랴

세월을 안고 세상 밖으로 원을 그리며

네 걱정 내 근심 모두 모아다

구멍에 살짝살짝 집어넣고 돌리다 보면

손잡은 자리 저리 반짝반짝 윤이 나고

고운 향기 끝 간 데 없으리니

곰보처럼 얽었으면 또 어떠랴 어떠하랴

둘이 만나 이렇게 고운 가루 갈아 내는데

끈이 없으면 매지 못하고

길이 아니라고 가지 못할까

가을가을 둘이서 밤 깊는 소리

쌓이는 고운 사랑 세월을 엮어

한 생生을 다시 쌓는다 해도

이렇게 마주 앉아 맷돌이나 돌리자

나는 맷중쇠 중심을 잡고

너는 매암쇠 정을 모아다

설움도 아픔까지 곱게 갈아서

껍질은 후후 불어 멀리멀리 날리자

때로는 소금처럼 짜디짠 땀과 눈물도 넣고

소태처럼 쓰디쓴 슬픔과 미움도 집어넣으며

둘이서 다붓 앉아 느럭느럭 돌리다 보면

알갱이만 고이 갈려 쌓이지 않으랴

여기저기 부딪치며 흘러온 강물이나

사정없이 몰아치던 바람소리도

추억으로 날개 달고 날아올라서

하늘까지 잔잔히 어이 열리지 않으랴.

찔레꽃

장미꽃 어질머리 사이
찔레꽃 한 그루
옥양목 속적삼으로 피어 있다.

돈도 칼도 다 소용없다고
사랑도 복수도 부질없다고
지나고 나서야 하릴없이 고개 끄덕이는
천릿길 유배와 하늘 보고 서 있는 선비.

왜 슬픔은 가시처럼 자꾸 배어나오는지
무장무장 물결표로 이어지고 끊어지는 그리움으로
세상 가득 흰 물이 드는구나.

밤이면 사기등잔 심지 돋워 밝혀 놓고
치마폭 다소곳이 여미지도 못하고 가는
달빛 잦아 젖은 사연 올올 엮는데,

바람도 눈 감고 서서 잠시 쉴 때면
생기짚어 피지 않았어도

찔레꽃 마악 몸 씻은 듯 풋풋하여
선비는 귀가 푸르게 시리다.

푸른 유곽

– 아카시아

오월이 오고
아카시아 초록 물이 올라
천지를 진동시키는
유백색 향기
검은 스타킹의 서양 계집애들
쭉쭉 뻗은 다리
늘어진 꽃숭어리 숭어리
댕그랑댕그랑
지독한 그리움에 흔들흔들
눈 맑고 귀 밝은 조선 사내들
다 어디로 숨어버리고
점령군 같은,
게릴라 같은
천하의 무서운 사내들
부산한 발자국 소리
요란한 거리, 거리
질펀한 사랑
어질어질 어지러운
오오, 저 진동하는 단내
흐드러진 푸른 유곽의.

눈부신 슬픔

나올 데 나오고
들어갈 데 들어간,
나올 때 나오고
들어갈 때 들어가는

보일락말락 한 날개 같은 저 꽃들
하늘하늘 눈부신 저 허망함으로
꽃자리마다 비우고 나면
또 얼마나 아픈 상처만 남을 것이랴

그 흔적이 지워지기까지는
또 얼마나 곡두의 눈물만 흐를 것인가,
꽃들은 순수하기 위하여 옷을 벗고
영원하기 위하여 날개옷을 버리느니

이제 푸른 감옥에 갇혀
수인의 고통을 감수하리라
아아,
눈부신 슬픔이여!

요요

우체국 가는 길

초등학교 앞

어른 키만한 나무

구름일 듯 피어나는 복사꽃

헤실헤실 웃는 꽃잎들

가지 끝 연둣빛 참새혓바닥

일학년 일과 파할 무렵

이따금 터지는 뻥튀기

혼자서 놀고 있는 눈부신 햇살

요요하다.

도원桃源을 위하여

북한산 깊은 골짝 양지바른 곳
겨우내 적멸에 젖어 있던 자리
봄볕만이 절망적으로 따사로워
나, 도화 한 그루도 꽂지 못하고
허공의 밭자락에 복숭아 꽃불만
아무도 모르게 피워 놓았다니까
아무도 모르게 피워 놓았다니까.

새벽 세 시

단단한 어둠이 밤을 내리찍고 있다
허공에 걸려 있는
칠흑의 도끼,
밤은 비명을 치며 깨어지고
빛나는 적막이 눈을 말똥처럼 뜨고 있다.

동백꽃 속에는 적막이 산다

뚝!

겨울 속의 눈과 눈들

밖에는 눈 내리고 바람 찬

한겨울날 며칠째

무릎에 침을 꽂고

반듯이 누워

창 밖으로 흐르는 세월을

뒤돌아보면

절름거리며 걸어온 길이

아득히 먼 하늘가로

허위허위 숨 가쁘게 가고 있다

갈 길이 얼마나 남아 있는지

따끔거리는 달빛과 햇살과

뻐근한 물과 공기와 불과

쩌릿거리는 사랑과 그리움으로 어우러지는

험한 고개는 몇이나 넘고

깊은 강은 얼마나 건너야 하는지

지독한 방랑의 길을 떠도는

저 바람과 흰 구름장을 보며

꼿꼿이 서서 무작정 세월을 견디고 있는

나무들의 신선한 침묵 위에

오늘도 눈발이 내려

허전하게 지고 있는 세월을

서로 어루만져 주고 있는

저 눈과 눈들.

다시 보리밭 속으로

푸른 바람으로 파도를 일으켜 사래 짓는 두둑 두둑의 청
보리도 바람 한 끝에서 흔들리고 나서야 단단히 무르익어
한 그늘을 짓느니,

질펀한 보리누름에 하늘은 푸르른데 풋풋한 내음으로
억장이 무너지는 보리밭 이랑에 새벽녘까지 울다 지쳐 가
슴 시린 소쩍새가,

솟쩌억 소옷쩍 서쪼옥 서쪽 섯섯쪽 울어 쌓다 어딘가로
숨어버리고 겨자씨만한 그리움도 참아라! 참아라! 할 때
면,

붉은 보랏빛으로 기어가고 있는 자운영이 논바닥을 다
덮어 푸르게 푸르게 단내 풍기며 익어가 두렁 삶이 아파
풀어내는 구성진 가락은 한사코 흘러만 가고,

신음으로 지새는 내 가슴속 작은 텃논에 못줄 띄울 때가
됐다! 우는 뻐꾸기 이 산 저 산 옮겨가는 소리에 언제 목
을 한번 날려본 적이 있었던가 한풀이 한 적이 있었던가,

사람들은 하늘과 들로 오르고 달리며 살아오지 않았던
가 쇠비름 개비름처럼 아니면 바랭이 바들바들 허리 접혀
바튼 숨을 슬픔으로 그리는 목숨도 여기 있어,

　보리 고랑 어딘가 은밀한 곳엔 노고지리 새끼들이 푸른
하늘 구름장 위에 떠올라 뱃종거리는 제 어미를 남 몰래
기다리고 타는 흙냄새에 젖은 여치도,

　풀 그늘 어디선가 울고 있어 보리밭은 그렇게 익어가고
있었다.

아름다운 남루

잘 썩은 진흙이 연꽃을 피워 올리듯
산수유나무의 남루가
저 눈부시게 아름다운 빛깔을 솟구치게 한
힘이었구나!
누더기 누더기 걸친 말라빠진 사지마다
하늘 가까운 곳에서부터
잘잘잘 피어나는 꽃숭어리
바글바글 끓어오르는 소리
노랗게 환청으로 들리는 봄날
보랏빛 빨간 열매들
늙은 어머니 젖꼭지처럼, 아직도
달랑, 침묵으로 매달려 있는
거대한 시멘트 아파트 화단
초라한 누옥 한 채
쓰러질 듯 서 있다.

이 막막한 봄날
누덕누덕 기운 남루가 아름답다.

옥매원玉梅園의 밤

수천 수만 개의 꽃등을 단 매화나무가 날리는 향香이 지어 놓은 그늘 아래 꽃잎 띄운 술잔에 열이레 둥근 달도 살그머니 내려와 꽃잎을 타고 앉아 술에 젖는데,

꽃을 감싸고도는 달빛의 피리 소리에 봄밤이 짧아 꽃 속의 긴 머리 땋아 내린 노랑저고리의 소녀가 꽃의 중심中心을 잡아,

매화를 만나 꽃잎을 안고 있는 술잔을 앞에 놓고 부르르 부르르 진저리를 치고 있는
시인詩人들,

차마
잔盞을 들지도 못한 채 눈이 감겨 몸 벗어 집어던지고.

날아가는 불

평생 퍼마신 술이라는 이름의 물로
이 몸은 술통이 되었다
술독이 오른 술독이 되었다
술독이 오르니 온몸에 술의 독이 퍼지고
술병이 든 술병이 되었다
온몸이 술이 되었다
몸은 없고 술만 있다
바람에도 날아가고
물 한 방울에도 씻겨 내리는
아무것도 없는 몸이 되었다
의사는 알코올성 영양실조 진단을 내리고
금주를 선고했다
나는 금주주의자가 되었다
이제 나는 비어 있는 주막이 그립다
깨진 유행가 가락만 떠도는
그리운 술집,
물 속의 불집, 불의 집,
나는 술이 고픈 나그네가 되었다
아, 나는 떠도는 불이다

불의 집을 안고 날아가는

나는 술이다.

생각에 잠긴 봄

봄이 초록빛 길로 가고 있다
어둠 속에 잉태하고 있던 것마다
폭죽처럼 출산하고, 이제는,
연둣빛 미소로 누워 있는 어머니
바람은 후박나무 잎에 잠들고
여덟 자식들은 어디 숨어 있는지
느리게 느리게 봄이 흘러간다
무심하게, 눈물처럼, 나른나른히.

필삭筆削

철새는 천리 먼 길 멀다 않고 날아간다
길 없는 길이 길이라 믿고

필사적必死的이다.

더 쓸 것 쓰고 지울 것 지우며
막무가내 날아가는 시인詩人의 길, 멀다!

국립중앙도서관 출판시도서목록(CIP)

봄, 벼락치다 : 홍해리 시집 / 지은이: 홍해리. -- 서울 :
우리글, 2006
    p. ;   cm. -- (우리글 대표시선 ; 7)
    ISBN 89-89376-50-5 04810 : ₩6000
    ISBN 89-89376-26-2(세트)
    811.6-KDC4 895.715-DDC21   CIP2006001106

봄, 벼락치다

펴낸날 | 2006년 6월 1일 • 1판 1쇄
지은이 | 홍해리
펴낸이 | 김소양
편집 | 이윤희
영업 | 임흥수

펴낸곳 | 도서출판 우리글 • 전화 | 02-566-3410 • 팩스 | 02-566-1164
주소 | 서울시 강남구 역삼동 837-17 삼성애니텔 1001호
이메일 | wrigle@wrigle.com • 홈페이지 | http://www.wrigle.com
출판등록 | 1998년 6월 3일 제03-01074호

ⓒ 도서출판 우리글 2006
Printed in Seoul, Korea

ISBN 89-89376-50-5 04810
        89-89376-26-2
* 잘못된 책은 바꾸어 드립니다.
* 책값은 뒤표지에 있습니다.